RAOUL GUERARD

LA

PATRIE FRANÇAISE

Fais ce que dois·

PARIS

E. DENTU, LIBRAIRE-ÉDITEUR

PALAIS-ROYAL., 15-17-19, GALERIE D'ORLÉANS

1885

LA PATRIE FRANÇAISE

PARIS

IMPRIMERIE DE G. BALITOUT ET Cᵉ.

7, RUE BAILLIF 7

RAOUL GUERARD

LA

PATRIE FRANÇAISE

Fais ce que dois.

PARIS

E. DENTU, LIBRAIRE-ÉDITEUR

PALAIS-ROYAL, 15-17-19, GALERIE D'ORLÉANS

1885

AUX DAMES FRANÇAISES

Bénis ton sort, femme,
Car tu es née Française.
Or, être née Française
Est une faveur divine
Pour qui la comprend ;
Puisque c'est être belle,
Fortunée sur la terre
.Et destinée au Ciel !

Dieu t'a créée belle
Parce qu'il t'a faite femme.
Tu es fleur, et ta beauté
De la vie est le parfum ;
Tu es aussi perle précieuse
Dans l'océan du cœur,
Tu es l'étoile lumineuse
Au ciel de l'amour !...

Quand tu vins au monde,
Tu reçus deux missions :
Celles d'être femme et patriote,
C'est-à-dire femme et Française ;
La destinée ne t'a pas donné
Une si haute fortune
D'être femme et Française
Rien que pour aimer.

Souviens-toi que tu es la fille
D'une patrie qui dort,
Plante courbée dans l'ombre,
Qui cherche la lumière.
Quelle fleur se plaît à fleurir
Sans air dans un marécage ?
Et qui respire le parfum
De la fleur des tombeaux ?

(JEAN GARAY, mort en 1853.)

LA PATRIE FRANÇAISE

FRANCE

France, ma patrie bien-aimée, France de Vercingétorix, de Clovis et de saint Louis;

France de notre glorieuse vierge et martyre Jeanne d'Arc;

France, dont les armées glorieuses t'ont rendue la Reine des nations ;

France, veuve en deuil, privée de tes deux chères filles, l'Alsace et la Lorraine, Metz et Strasbourg, dont la perte est un double glaive plongé dans le cœur de tout Français et de toute Française qui ne cesseront jamais d'aimer leurs frères et leurs sœurs du même sang français;

France, ma patrie bien-aimée, qu'a-t-on fait de toi, la grande Dame d'autrefois?

De toi, la fille aînée de l'Église?

France, tu es et tu seras toujours l'objet et le but de notre plus grand amour et de notre entier dévouement.

France, ma patrie bien-aimée, tu es toujours la belle France et tu seras toujours belle à nos yeux.

Et tous, car nous sommes des mille et des mille, nous te jurons fidélité, nous sommes prêts à verser notre sang pour ta défense; nous t'aimons mille fois mieux que nous-mêmes.

Ma bien-aimée patrie, nous te jurons que nous te voulons maintenant une grande Reine, belle et riche, méritant le respect et l'estime de toutes les nations,

Dieu et la France !
Voilà notre cri de ralliement
Et notre devise!

Malheur à qui te trahit !
Malheur à qui veut te ruiner.

Vive la France !
Vive la Patrie française !

Dieu, depuis si longtemps punit la France,
Qui ne sait plus rien de son avenir.
Aura-t-elle encore de beaux jours sur la terre ?

Ta grande époque, ô Patrie, est si loin
Que maintenant on la croit une fable.
Nos yeux séchés ont retrouvé des pleurs ;
Ces pleurs sont-ils, mon peuple, la rosée,
De ton aurore ou de ton crépuscule.

Au Ciel de la Patrie, des nuages
S'amassent, l'orage viendra :
Qu'il vienne donc !
Mon cœur est déjà préparé.

Anglais est venu, l'Allemand ensuite,
C'est miracle de Dieu, si la France existe.

Et quand la Patrie souffre,
Qu'est-ce donc que la gloire?
Un brillant arc-en-ciel,
Un rayon de soleil qui se rompt
　　　Dans les larmes.

Je suis à toi, Patrie, à toi
　　　De cœur et d'âme.
Qui pourrais-je donc aimer
　　　Si je ne t'aimais.
Mon cœur est un temple, l'autel
　　　C'est ton image.

La Patrie appelle, ô Français !
Debout à présent ou jamais !

(La Patrie hongroise.)

LA PATRIE FRANÇAISE

APPEL AUX CONSERVATEURS, A TOUS LES FRANÇAIS

Mon cœur de Français jette un cri d'appel à tous ceux qui, comme moi, aiment ardemment et par-dessus tout notre bien-aimée France, notre bien-aimée Patrie.

Tout Français doit l'aimer.

Que l'amour de notre Patrie, de la France, qui est la *Reine de tous*, fasse de nous, partisans de l'ordre et conservateurs, une immense cohorte ; marchons réunis contre la politique actuelle et sachons exiger des garanties pour assurer la prospérité de notre noble Patrie.

Il ne faut pas laisser faire : de l'énergie, du courage et surtout de l'union, voilà quelle doit être notre force ! Il n'y a pas de désunion possible entre les fils d'une mère qui souffre.

Dieu et la France !

CHAPITRE Ier

RÉSULTATS DE L'ANNÉE 1884

Les résultats de l'année qui vient de finir sont dé-
sastreux, on peut le dire hautement.

Les notions du juste ou de l'injuste, chose morte;
l'insulte, la calomnie règnent au grand jour, ternissant
les réputations privées; il faut maintenant défendre
sa vie et son honneur; la dignité même de la vie publique n'est pas respectée, sans que jamais la justice
intervienne : on ne trouve aucune protection dans le
pouvoir qui existe.

On voit aux vitrines les gravures les plus obscènes,
on crie dans la rue, on affiche les écrits les plus
sales.

Assassiner maintenant est une chose peu périlleuse, le président de la République française fait presque toujours grâce de la mort aux assas- sins.

Rien n'a été épargné, tout est bouleversé, menacé de destruction; les pouvoirs publics entièrement désorganisés; les administrations deviennent despotiques et dans un grand désordre.

Un signe bien manifeste de l'abaissement moral et intellectuel de ceux qui ambitionnent un mandat, c'est d'accepter toutes les exigences des électeurs. Cette corruption de la moralité et du bon sens tient certainement à cet esprit politique qui règne en ce moment.

Un tel spectacle doit faire éprouver à tout Français, aimant sa patrie, un souverain dégoût et mépris pour le chaos qui existe maintenant.

Un peuple peut-il vivre et prospérer, exister seulement, avec l'impunité de la presse, l'incendie de toutes les horreurs débitées dans les réunions publiques! Qu'on ose nous dire que la façon dont on rend la justice, dont les jurys comprennent leurs devoirs, ne nous ramènent pas à la barbarie!

L'impunité absolue d'une presse abominable, d'une tribune où le crime même est conseillé, les défaillances de la justice, provoqueront certainement une décomposition sociale.

Un pouvoir vigilant a le devoir de se rendre compte, aux rudes leçons de l'expérience, des lacunes des législations, et il manque à son devoir, à ses obligations les plus étroites lorsqu'il n'en poursuit pas le redressement, alors qu'il est convaincu par l'évidence de l'impérieuse nécessité des réformes.

Ceux qui nous gouvernent manquent de courage civil et de probité professionnelle.

*
* *

Nous demandons énergiquement la réforme des lois :

1° Sur la presse ;

2° Sur les réunions publiques;

3° Sur le jury;

4° La possibilité pour la société de se défendre

contre les criminels qui tuent avec le fer ou assassi-
nent avec la plume ;

5° Le retrait de l'article 10 du Code d'instruction criminelle;

6° Une loi sur le jeu.

CHAPITRE II

RELIGION

Dieu a été supprimé et sa croix aussi dans les écoles; la religion, base de toutes les existences honnêtes, est interdite aux jeunes générations.

On peut appeler hardiment cette année l'année de la destruction. Le crédit total du budget des cultes de cette année serait 44.682.406 fr., c'est 10 millions de moins qu'en 1869.

Les diminutions du budget rapportent peu d'argent au Trésor et font beaucoup de malheureux : les

2

vraies économies sont celles qui suppriment les abus et non pas celles qui appauvrissent les bons serviteurs.

Voulez-vous supprimer la religion? espérez-vous y réussir? Il y aura toujours des prêtres; n'avez-vous pas intérêt, vous-mêmes, à ce qu'ils soient recrutés dans de bonnes conditions? à ce qu'ils soient traités comme les autres citoyens, à ce qu'ils puissent compter, comme nous tous, sur la justice et la bienveillance; à ce qu'ils ne soient pas forcés, et tous les catholiques avec eux, à devenir les ennemis du gouvernement républicain?

INSTRUCTION

L'instruction obligatoire et imposée est une instruction athéiste; aussi, nous en voyons les beaux résultats.

Vous avez certainement vu à Paris ces jeunes demoiselles qui, vêtues simplement, les traits pâles, l'air soucieux, la serviette de maroquin sous le bras et le lorgnon sur le nez, se rendent aux conférences, aux cours des facultés et des mairies, pour y prendre des notes, les rédiger et finalement concourir au brevet universitaire du second au premier rang, ou même à un titre de licenciée en droit ou de doctoresse en médecine : ces cas ne sont pas rares.

Ce sont les studieuses; elles mènent la plupart une

vie fort dure, se lèvent de grand matin, se mettent sur leurs livres et leurs cahiers et ne les quittent que fort tard. Mêlant dans leur cerveau : grammaire, géographie, littérature, histoire, chimie, botanique, droit, langues vivantes, médecine, musique, télégraphie, elles se privent de distractions et de plaisirs, donnent fort peu de temps à leur toilette, à leur entretien ; lisent les romans les plus crus sous le prétexte de s'instruire et de se préserver du mal, ont parfois des mines de vierges offensées qui contrastent singulièrement avec leur connaissance de la vie ; dépouillent les mœurs, le langage délicat de la femme, pour prendre, tant bien que mal, le jargon pédantesque des savants et les allures des blasés, en un mot, se masculinisent dans le mauvais sens, et cela sans se douter qu'elles font tout ce qu'il est possible d'imaginer pour se rendre odieuses même à l'homme le plus intelligent ; il y en a deux mille à Paris.

Par suite de notre système d'éducation, cette catégorie de jeunes filles s'est affreusement développée dans la capitale, mais nulle part elles ne pullulent autant qu'aux alentours de la Sorbonne.

Et vraiment, je les plains, ces tendres fleurs qui, au lieu de s'épanouir au grand soleil de la nature,

s'étiolent entre de vieilles et froides murailles : elle
ne feront jamais une épouse d'intérieur,

*
* *

Les études en France sont beaucoup trop chargées;
elles devraient durer moins d'années et laisser une
connaissance plus précise que celle qui reste, en général, après l'examen du baccalauréat.

L'internat est souvent néfaste au développement
de l'enfant, et, dans certains lycées, il y trouve de
très mauvais exemples.

Il y a certainement une réforme à faire dans le programme de l'enseignement.

Le temps est venu d'abandonner complètement les
langues mortes et de supprimer le baccalauréat.

L'instruction nécessaire à notre époque, c'est la
connaissance entière et précise de notre belle langue
française et de nos grands auteurs, la physique, la
chimie, le calcul, les règles d'intérêt, les mathémati-
ques, l'histoire de la France et celle des peuples, la

géographie, l'allemand, l'anglais, avec la croyance en Dieu.

Des connaissances précises de toutes les œuvres françaises qui établissent toutes les beautés, tous les beaux faits de l'antique histoire de notre grande Patrie, des langues vivantes parlées couramment, voilà ce qu'exige l'époque actuelle, où chacun doit gagner sa vie et se rendre utile à la Patrie.

Plus de fabriques de baccalauréat, plus de jurys d'examen composés de professeurs de facultés qui ne connaissent pas les candidats.

Des certificats d'études donnés par les chefs d'institution, après l'examen de leurs élèves, dont ils ont pu apprécier le travail et l'application pendant toute l'année, seraient infiniment préférables.

Ces certificats d'études, selon les principes d'égalité et de justice, doivent être délivrés non seulement par les établissements de l'État, mais aussi par les facultés et les établissements libres.

Liberté et égalité de l'enseignement!

*
* *

La persécution de la franc-maçonnerie, de tous ces athées, a chassé des hôpitaux les humbles sœurs de charité, ces pauvres petites sœurs dont l'admirable dévouement s'est acquis l'admiration et le respect même des moins dignes comme des moins croyants.

Nobles et saintes filles, on les a traitées comme des malfaiteurs : elles ont donné leur vie pour soigner les premiers cholériques ! Vengeance digne d'elles et de leur sainte mission. Tout ce qui porte l'habit religieux est persécuté, chassé, c'est un signe de l'intolérantisme du gouvernement actuel,

LA MAGISTRATURE

La magistrature, vieille gloire de la France, admirée du monde entier, par son indépendance et son intégrité, a reçu la plus grande atteinte dans la suspension de l'inamovibilité !

Une grande partie de la magistrature est dispersée, elle a perdu sa position et son avenir, emportant dans sa retraite l'estime, la considération et les regrets de tous.

Saluons respectueusement les victimes de ces continuels démolisseurs et disons-leur avec une ferme espérance : Au revoir !

CHAPITRE III

ANGLETERRE

L'Angleterre est notre ennemie héréditaire ; elle s'est fait un bonheur d'annoncer de mauvaises nouvelles de notre armée du Tonkin ; elle n'a rien fait pour nous sauver de l'invasion allemande.

Elle nous a pris nos plus belles colonies, le Canada ; elle nous a volé Jersey, Guernesey, Aurigny et bien d'autres colonies.

L'Angleterre est une égoïste.

Elle a deux hontes aux yeux de tout Français.

Elle a brûlé notre vierge et martyre Jeanne d'Arc.

Elle a donné une prison et un geôlier à Napoléon Ier, qui s'était confié à l'hospitalité anglaise.

Jamais d'alliance anglaise.

Il faut les laisser chez eux.

Leur isolement provient uniquement de l'abandon dans lequel les laisse l'Europe, dont ils ont fini par lasser la patience, de l'indifférence qui les entoure et des inimitiés que leur insatiable ambition et leur égoïste cupidité ne cessent d'éveiller dans les cinq parties du monde.

Elle n'a plus une faute à commettre.

*
* *

On tient beaucoup à Paris à se faire voir, à attirer l'attention publique par des singularités de toutes sortes.

C'est le règne de l'égoïsme et de l'individualisme.

Le carnaval est déjà commencé, mais il manque de gaieté, partout les mêmes costumes; j'aime la diversité: le polichinelle, la pierrette, le mousquetaire et tous les autres costumes ordinaires et habituels.

Sur les boulevards, aux Champs-Élysées, on voit une procession d'Anglais et d'Anglaises, parlant anglais, buvant et mangeant des mets et de la bière d'Angleterre, ayant des domestiques anglais, des voitures anglaises; tout Londres est arrivé à Paris pour ruiner les tailleurs, couturières et le commerce parisien.

Il y a une inondation de modistes, de nourrices, de valets de chambre, de cuisiniers, de grooms, de chapeliers, etc., etc., etc., anglais.

Il n'y a rien de plus laid que cette procession d'Anglais et d'Anglaises; cette mode est affreuse, on doit étouffer là dedans : cela enlaidit les plus jolis minois, elles paraissent avoir toutes *le spleen*.

Ainsi affublés à l'anglaise, vous avez l'air d'aller à l'enterrement de Gordon !

Ah ! revenez bien vite à vos jolies modes françaises !

*
* *

Heureusement, c'est l'exception : il y a encore du bon goût en France, bien certainement.

Les bonnes traditions ne sont pas perdues.

La politesse française existe dans beaucoup de belles familles et chez tous les jeunes gens bien élevés.

La galanterie française pour les dames n'est pas disparue ; elle reviendra ce qu'elle doit être, mais elle existe, Dieu merci !

COLIS POSTAUX & LETTRES

En Belgique, en Allemagne et presque dans tous les autres pays, les colis postaux et les lettres partent par chaque train rapide ou express plusieurs fois par jour ; il serait bien nécessaire que le service de la poste se fît mieux en France et que les lettres partissent par tous les trains.

Il y a des retards considérables dans l'envoi des lettres, surtout pour l'Alsace et l'Allemagne ; il y a quelques jours encore, le facteur préposé à la boîte de la gare du Havre retardait d'un départ les lettres pour l'étranger ; je crois qu'on y a mis bon ordre, mais trop tard.

Il est bien nécessaire que des départs plus fréquents aient lieu pour les lettres et les paquets postaux ; on se plaint beaucoup partout de cette mauvaise organisation.

Certaines dépêches mettent autant de temps qu'une lettre.

Avec un peu de bonne volonté, le service serait mieux fait et tout le monde serait satisfait.

CHAPITRE IV

POPULATION DE LA FRANCE

Prenons-y garde ! De tous les membres de la famille européenne, les Français sont les reproducteurs les moins sérieux. Il y a donc péril en la demeure. Il ne faudra pas beaucoup de temps pour que nous soyons absorbés, noyés, perdus dans ce déluge de chair humaine.

En 1871, la population d'Allemagne n'était que de 41 millions d'habitants, elle est aujourd'hui de 43 millions. Le dernier recensement de la France n'accuse que 36 millions d'habitants. La différence en faveur de l'Allemagne est donc déjà de 7 millions.

Il est vrai que la mortalité est plus grande en Allemagne qu'en France. A Berlin, où les conditions hygiéniques sont si mauvaises, sur 10.000 habitants il en meurt 87, tandis qu'à Londres il n'en meurt que 42, à Paris et à Vienne que 43 et à Édimbourg que 28. L'*Économiste français* calculait dernièrement qu'au taux des naissances chez nous durant les trois premiers quarts de ce siècle, il nous faudrait 334 ans pour doubler notre population, tandis que l'Allemagne doublerait la sienne en 88 ans, l'Autriche en 62 ans, le Danemark en 73 ans, la Suède en 89 ans, la Norvège en 51 ans et les Iles-Britanniques en 63 ans. Le *Times* s'est plu à relever ce signe irréfutable de l'affaiblissement et de la décrépitude de la race française; d'après le journal anglais, en voici les causes :

« En France, tout est organisé en vue de la multitude. L'idéal français embrasse l'humanité entière, il est cosmopolite. Les Français ont réellement renié la France, parce que ce n'est pas d'elle, mais bien d'eux-mêmes qu'ils s'occupent sans cesse. La société française est une sorte de communisme, et le vice inhé-

rent du communisme, c'est de tout sacrifier aux
unités dont il dépend. Le communisme suppose un
nombre donné partageant une substance donnée ; il
suppose la permanence ou la succession des individus, il exclut les étrangers, les nouveaux venus, la
partie contingente de l'avenir, ou, pour le moins,
tout ce qui dépasse une expectative déterminée. La
vérité, c'est que lorsque chacun a pris racine dans
son petit lopin de terre ou s'est accroché à sa branche
d'arbre, il n'y a plus de place pour le nouvel ennemi
venant, non pas du dehors, mais du foyer même.
En un mot, les obstacles que la succession apporte
à l'accroissement de la population outragent la nature, vicient les mœurs, tuent la famille et débilitent
l'État. »

En Allemagne, en Angleterre, on a aussi, il est im-
portant de le rappeler, un tout autre système d'éducation. Dans le mariage, au lieu d'unir deux fortunes,
on cherche à unir deux cœurs. On consulte les sen-
timents avant de consulter son notaire : on a plus de
courage et de confiance dans l'avenir. Les filles se
marient le plus souvent sans dot, mais leur éducation
domestique vaut quelquefois mieux qu'une dot. On
leur apprend tout ce qui constitue la femme de mé-

nage et la mère de famille. Quant aux fils, dès qu'ils ont déposé le sac de l'école, on leur jette la bride sur le cou et on les laisse se frayer seuls leur chemin.

Ceux qui ne trouvent pas de place dans leur pays s'expatrient, émigrent : ils vont aux États-Unis, ils viennent en France, on les voit accourir partout où le travail est un capital. De là, cette invasion que je n'ai fait qu'esquisser, mais qui est une des questions les plus importantes de l'heure présente, parce qu'elle menace bien autrement notre existence nationale que les canons Krupp.

CHAPITRE V

AGRICULTURE

Schentzler estime que la valeur brute des produits de l'agriculture est en moyenne de plus de 5 milliards.

Mathieu de Dombasle affirme que, d'après les statistiques les plus sérieuses, 24 millions de personnes, sur 36 millions qui habitent la France, vivent du travail du sol.

Le budget du ministère de l'agriculture n'est que de 45 millions, sur un total de plus de 3 milliards.

L'agriculture française paie 250 millions d'impôts indirects.

L'impôt foncier seulement rapporte 479 millions.

Cette situation bien établie, nous avons le droit de nous demander ce que la Chambre des députés, dont la grande majorité est élue par les propriétaires et les cultivateurs, a fait pour soulager les souffrances de l'agriculture.

Ces souffrances sont incontestables; depuis 1870, la culture française n'a eu qu'une bonne récolte, celle de 1875.

Aujourd'hui, faute de bras, la terre reste forcément sans culture, ce qui arrive déjà dans certaines contrées, où un nombre considérable de fermes et de terres ne sont pas louées, et des propriétaires que je pourrais citer sont complètement ruinés.

L'agriculteur ou le propriétaire qui ne possède que des terres pour tout revenu est ruiné complètement.

Voilà la réelle situation.

La ruine de l'agriculture, c'est la ruine de la France.

.*.

L'agriculture souffre, il faut des remèdes énergiques. Ce n'est pas une protection à outrance que
nous demandons, nous voulons simplement que l'agriculture, qui est évidemment la plus puissante source
de la richesse nationale, quand elle prospère, et la
cause de toutes les ruines quand elle-même est en
détresse, ne supporte pas à elle seule toutes les
charges et soit protégée dans les conditions qui lui
permettent de vivre.

Il faut imposer aux produits étrangers à leur entrée
en France, à la douane des frontières, les mêmes
charges qu'ont acquittés les nôtres. Nous n'hésitons
pas un seul instant à déclarer, avec pleine connaissance de cause, que ces moyens sont présentement
indispensables à l'agriculture et que, si elle ne les
obtient à bref délai, ce sera pour elle une *ruine absolue et immédiate* qui en entraînera bien d'autres et
dont on ne peut prévoir les suites.

« Il y a quinze ans, dit M. Pouyer-Quertier, le
budget de la France ne s'élevait pas en tout, avec les
dépenses extraordinaires et les centimes départemen-
taux, à la somme ronde de 1.900 millions. Dans l'in-
tervalle qui s'est écoulé depuis cette époque, nous
avons éprouvé de grands malheurs qui nous ont en-

traînés dans des dépenses énormes, tant pour le paie-
ment de l'indemnité que pour la construction des
forteresses, la réorganisation de l'armée et les frais
de la guerre. Une somme de 600 millions de rentes a
dû être ajoutée d'un seul coup à nos anciens budgets.
Ces 600 millions, joints aux 1.900 de charges en
chiffres ronds qui existaient déjà avant la guerre, ont
porté nos budgets à 2.500 millions de francs. Le pays
a courageusement supporté ces nouvelles charges.
Mais depuis les 2.500 millions de francs sont de-
venus 4 milliards. Or, qui paie cette monstrueuse
augmentation de dépenses? C'est l'industrie, c'est
vous, qui travaillez aux champs. »

Il faut, non protéger l'agriculture, mais lui donner
des compensations, afin que le sort des agriculteurs
soit au moins égal en France au sort des agriculteurs
étrangers. Si les impôts que l'on réclame ont pour
résultat de faire augmenter le prix du pain, il faut
songer qu'ils auront pour conséquence de faire reprendre le travail dans les fermes abandonnées et, le
travail reprenant, des fermes aux villes, les ouvriers
ne verront aucun inconvénient à payer le pain de
quatre livres un sou de plus, puisqu'ils gagneront
davantage.

Il faudra donc nommer des hommes qui défendent l'agriculture avant tout.

* *
*

La Compagnie de l'Est avantage les houilles et les cokes allemands de 1 fr. 05 et 1 fr. 80 par tonne, au détriment des houilles et des cokes belges, et de 1 fr.75 au détriment des produits français.

Elle choisit pour organiser cette protection nouvelle le moment où les mines des Vosges s'approvisionnaient de plus en plus dans le nord de la France et en Belgique des houilles et cokes qu'elles emploient. Je constate que cette compagnie emploie presque exclusivement les charbons allemands.

C'est le ministre, M. Raynal, qui a homologué ces tarifs, qui en encourt toute la responsabilité.

Il est temps de s'élever contre les avantages faits aux étrangers par les chemins de fer pour les transports des produits agricoles. Les moutons allemands viennent à moitié des prix des moutons français ; les vins espagnols paient un tiers en moins des vins français. Ces avantages sont déplorables ; les intérêts de l'agriculture française sont toujours sacrifiés ; nous réclamons la compensation.

Il faut l'égalité devant la douane.

Le libre-échange, en fait, n'existe dans aucun pays. A coup sûr il n'existe pas en France , témoin la douane, qui rapporte bon an mal an 300 millions ; témoin le tarif des douanes, document énorme fort gênant pour le commerce, intolérable pour les voyageurs, très coûteux, car il a son armée d'agents qui enveloppe la France.

Tout équilibre est rompu : l'égalité a disparu du code français. Le travail industriel est protégé, le travail agricole est abandonné à ses propres ressources. C'est ce système qu'on appelle justement le dupe-échange. Actuellement, quelques-uns voudraient faire croire que la protection serait une faveur, un don gracieux à l'agriculture. C'est faux, ce serait un simple retour à l'égalité d'un privilège. Privilège, car si vous accordez des tarifs protecteurs exorbitants à l'industrie, c'est vraisemblablement parce que les industriels ont été assez éloquents pour vous démontrer qu'ils font de médiocres affaires. En écoutant ces doléances, l'État a reconstitué les privilèges au profit de l'industrie, au détriment de tous les contribuables. Quelles terribles leçons pour ceux de nos ministres qui favorisent les étrangers de leurs ordres, au lieu de les confier, ces ordres, à des ateliers français !

*
* *

La valeur de la terre est dépréciée de 30 à 50 0/0, quand elle trouve acquéreur. Les propriétaires, privés de leurs revenus, ne dépensent plus ; les cultivateurs, ruinés et dégoûtés, quittent leurs fermes ; les ouvriers des champs vont à la ville, et le ministre de l'agriculture disait à la commission de la Chambre :

« La crise industrielle provient en grande partie de la misère des campagnes.

» La misère agricole arrête la consommation des produits industriels. »

Voici la vérité vraie pour la France.

Il n'y a qu'un remède sérieux, efficace, souverain, *un seul*, c'est de mettre obstacle à l'invasion des produits étrangers, qui ruinent notre pays et nous conduisent à la banqueroute.

L'argent qui n'est pas pris aux frontières sur les produits étrangers doit être pris à l'intérieur sur le travail national.

C'est là où nous en sommes aujourd'hui, et c'est cette situation qui fait éclater les plaintes unanimes dont le gouvernement a fini trop tardivement par s'émouvoir.

L'agriculture, l'industrie, les affaires privées et la fortune publique, tout est menacé.

Les 36 millions de Français sont nourris par l'agriculture.

Que deviendra la France si on ruine ceux qui la nourrissent? Nous avons, dites-vous, les blés d'Amérique et des Indes, le bétail vivant de l'Europe entière, des bateaux et des chemins de fer pour nous apporter tout cela. Fort bien; mais, pour acheter tous ces produits nécessaires à l'étranger, il faut de l'or; pour importer, il faut commencer par exporter.

Où trouverez-vous de l'or si les 24 millions d'agriculteurs sont ruinés, si l'industrie elle-même est anéantie, car l'agriculture et l'industrie sont solidaires, on l'a souvent prouvé.

Et puis, si la France ne produit plus ni blé, ni

viande, qui vous assure le marché de l'étranger? Les peuples ne sont pas frères encore ; si la France, en particulier, a jamais été la sœur bien-aimée de tous les peuples de la terre, la République l'a rendue suspecte à tout le monde.

Égalité devant la douane. Si l'on ne peut donner aux agriculteurs des *suppléments de prix,* au moyen de taxes (qu'ils paient eux-mêmes pour les deux tiers, puisqu'ils forment les deux tiers des consommateurs), il ne faut pas du moins les forcer, au moyen d'autres taxes, de donner des *suppléments de prix* aux maîtres de forges, aux manufacturiers, aux armateurs, aux actionnaires de mines.

Liberté, justice, égalité pour tout le monde !

La République, sacrifiant à des passions politiques, à des utopies, à une guerre aventureuse la fortune de la France et le bien-être des populations laborieuses, a causé les ruines qu'elle met si peu d'empressement à réparer.

En résumé, tout le monde est d'accord sur ce point que la culture, *absolument aux abois,* ne peut pas vivre plus longtemps. Il faut de prompts et énergiques remèdes à ses souffrances.

Trop longtemps abandonnés, les cultivateurs au·

jourd'hui élèvent la voix pour faire comprendre qu'ils ne veulent plus être traités en *parias* dans le sein de la patrie même ; que leurs intérêts sont solidaires de ceux de la France et que, continuer de les sacrifier, ce serait décréter la ruine de la France. Il est indispensable que nos législateurs s'inspirent de ces pensées.

Voilà un nouveau terrain de la lutte électorale.

CHAPITRE VI

BUDGET

Depuis 1814, la loi des finances a toujours été examinée et votée dans les délais réguliers et promulguée de juin en août ; les budgets de 1874, de 1875, de 1876, préparés et présentés par les conservateurs, ont été votés au mois d'août ; ils se sont toujours maintenus dans les principes des gouvernements réguliers.

A partir de cette date, depuis la prise de possession du gouvernement actuel, tout a changé tout à coup ;

c'est seulement en décembre, à la dernière heure et dans la précipitation d'une clôture, que les budgets sont, non discutés avec réflexion, mais votés à toute vitesse, souvent devant des banquettes vides, comme dans cette séance où le scrutin a constaté 161 membres présents seulement sur 537.

Ces déplorables retards ne font que s'aggraver par le mauvais vouloir manifeste des républicains, depuis qu'ils sont nos maîtres ; chaque année, ils ont reculé le plus tard possible la date des discussions et du contrôle du budget, à tel point que le temps matériellement nécessaire au vote est à peine resté, et le Sénat s'est trouvé forcé à l'alternative d'une ratification aveugle ou d'un refus.

Le Parlement nous aurait épargné bien des millions, sans compter le reste, si, usant de son droit, il avait arrêté immédiatement une guerre sans issue, entreprise contre sa volonté formelle.

RÉFORME NÉCESSAIRE

Une manière de traiter les affaires, aussi autoritaire, aussi arbitraire, peut-elle durer plus longtemps? Verra-t-on encore le spectacle de ces assemblées tumultueuses? Certainement non.

Une réforme urgente, impérieuse, s'impose. L'Angleterre, le pays libéral par excellence, si respectueux pourtant des prérogatives de son Parlement et des droits de la nation, nous présente le vrai modèle d'une constitution dont le gouvernement prochain de la France devra nécessairement s'inspirer.

Les recettes et les dépenses devraient être divisées en deux catégories :

I. — Dans la première, toutes les dépenses qui ont un caractère permanent, ainsi que les impôts qui doivent y pourvoir.

II. — Dans la seconde, les dépenses dont la quotité est essentiellement variable, avec un certain nombre de taxes auxquelles on demandera la somme nécessaire à l'équilibre du budget.

Les recettes et les dépenses de la seconde catégorie seront seules soumises au vote annuel du Parlement.

Dans la première catégorie, nous pouvons classer :

Les dépenses permanentes, invariables ;

Les intérêts de la dette, le Conseil d'État, la Cour de cassation, la Cour des comptes, les cours d'appel ;

Les sénateurs, les députés ;

Les ambassadeurs, les consuls, les préfets, les sous-préfets, les archevêques, l'armée, tout ce qui reçoit un traitement fixe.

Dans la seconde catégorie, ne soumettre à l'appréciation des Chambres que les crédits d'essence variable et constamment révisable.

Est-il raisonnable de se demander chaque année si on paiera ses dettes, s'il y aura une armée, une

marine, une police, une diplomatie, une magistrature, un clergé?

Est-il sensé de remettre toujours en cause la justice, le culte, le crédit, l'honneur, la vie même de la
Patrie.

Toutes les dépenses permanentes, invariables, qui
répondent à tous les besoins fixes et supérieurs de la
France devraient être réglés pour une certaine période d'années dont les Chambres n'auraient à s'occuper que le jour où il serait question de les modifier
en un sens quelconque.

En agissant ainsi, les séances du parlement seraient
moins chargées ; le temps ne manquerait plus pour
étudier les parties variables du budget et arriver à
bien les établir dans les délais réguliers.

Le nouveau gouvernement aura à s'occuper de ces
graves questions.

———————

CHAPITRE VII

LA POLITIQUE

La politique intervient malheureusement dans la formation de tous les ministères.

Pour la treizième fois depuis quatorze années le ministère de la guerre vient de changer de titulaire. Pour conclure de là que les chefs ne font que paraître et disparaître à la tête de l'armée française, les affaires de cette armée sont en mauvais état, il suffit de raisonner un peu.

M. Farre est le premier ministre qui soit arrivé au

ministère de la guerre par la politique et rien que par la politique.

Celui-ci a eu pour successeur un homme politique, M. Billot; est venu ensuite un homme politique, M. Thibaudin; après M. Thibaudin est venu M. Campenon, plus que jamais homme politique; M. Campenon a pour successeur M. Lewal, homme politique.

Les ministres de la guerre se succèdent comme les nuées du ciel; rien de constant, l'un défait ce que l'autre a commencé et on ose nous parler de la réorganisation de l'armée.

Depuis M. Farre, la politique a fait irruption dans l'armée française.

Il faut remarquer que l'armée allemande possède depuis plus de vingt ans les mêmes directeurs, et que cette armée doit à la permanence de sa direction les qualités de solidité et de force qui lui ont assuré tant de succès, tant de victoires. On peut se demander si l'inamovibilité des chefs, leur instabilité continuelle, ne prépare pas la défaite.

La France a fait son deuil de ses finances, elle a fait son deuil de sa magistrature : elle ne fera pas le deuil de son armée; des temps meilleurs vont venir.

CHAPITRE VIII

DOSSIER PARTICULIER

Au temps où nous vivons il se passe des choses qui paraissent si extraordinaires qu'il est nécessaire d'en parler pour qu'on puisse le croire.

M. Andrieux a vu son propre dossier à la préfecture de police et à son départ il l'a emporté, ce qui prouve que la préfecture de police entretient une légion de misérables pour espionner les honnêtes gens.

La République, après quatorze années d'existence,

en est encore à ces procédés de mouchards, si souvent
reprochés à d'autres formes de gouvernement : elle
entretient toujours et paie grassement sur le budget
d'immondes gredins qui s'en vont de par la ville et se
faufilent dans les familles pour fournir à la préfecture de police un certain nombre de rapports. Si le
vil mouchard des honnêtes gens restait quelque temps
sans apporter des délations, on le remercierait : c'est
donc une question de vie ou de mort ; il faut donc
qu'il invente des calomnies quand il ne les cueille pas
dans les loges de portières, où on dit tant de mal des
locataires.

Vraies ou fausses, la préfecture collectionne ces
infamies avec une complaisance rare ; quand elle en
a un certain nombre sur un même individu, elle en
fait un volume, et c'est cela qu'on appelle un dossier
particulier : c'est du propre !

Quelle honte ! Moins pour le drôle qui vit de cela
que pour l'administration, qui tolère ces choses et
élève de la sorte le mouchard à la hauteur d'un fonctionnaire, et la délation au niveau d'un principe de
gouvernement.

Si les chenapans des agences ne font pas de la police, cela n'empêche pas la police d'avoir ses misé-

rables à elle qui font le métier sans courir les mêmes risques, car on ne les connaît pas, et il ne reste aucune trace d'eux dans les dossiers qu'ils fabriquent.

De tout cela il résulte que les gens qui mouchardent les particuliers pour le compte du gouvernement sont encore, si c'est possible, plus méprisables que les autres qui opèrent pour leur compte.

Il n'est pas possible que cela dure et qu'un gouvernement qui se respecte continue à nous faire moucharder par d'effroyables chenapans. Il est grand temps de flanquer à la porte, publiquement, d'une façon éclatante ces pourvoyeurs de dossiers et de laisser les honnêtes gens vivre en paix.

L'ARTICLE 10

Le Code d'instruction criminelle contient malheureusement un article qui, par le trouble de nos temps, est devenu dangereux pour tout le monde.

Les honnêtes gens restent très menacés, surtout à Paris, par l'article 10. Le Parlement, qui enlève aux préfets de départements leur pouvoir judiciaire, va le conserver provisoirement au préfet de police. Dans cette bonne nouvelle loi, rien de plus absurde ! Cet article efface tout le bien qu'on a voulu et fait.

Un nouveau préfet de police violent, démagogue peut-être, nommé par quelque ministère radical :

l'article 10 nous livre pieds et poings liés à ce préfet.

Sur la plus vague rumeur, et selon son bon plaisir, le préfet de police peut saisir nos correspondances à la poste ou chez nous faire des perquisitions.

Le Parlement doit protéger déjà par-dessus tout la liberté personnelle, la liberté personnelle passe avant la liberté publique.

Que pouvons-nous attendre de l'avenir? Si demain c'est la Commune qui recommence, nous n'avons plus qu'à prendre un passeport et à partir bien loin dans l'exil.

CHAPITRE IX

M. GRÉVY

M. Grévy s'est fait connaître en proclamant la complète inutilité d'un président de la République : il signe ; il fait grâce de la vie aux assassins et il chasse.

Jamais M. Grévy n'a professé une plus grande erreur ; un président de la République n'est pas un rouage inutile. Dans un temps où les fortunes les mieux assises semblent diminuer, il montre au peuple ce qu'on peut faire avec de l'ordre et de l'économie.

A une époque où les recettes des chemins de fer diminuaient, où la terre baissait de sa valeur, M. Grévy achetait des immeubles de rapport dans sa bonne ville de Paris.

Le maréchal de Mac-Mahon, imbu des vieilles traditions et croyant qu'un chef d'État devait afficher un certain luxe, non seulement n'a pas acheté d'immeubles, mais en a vendu.

La majorité de la Chambre, qui a voué à la misère les prêtres et les archevêques, n'a jamais rien retiré aux petits profits de l'économe M. Grévy.

M. Grévy reçoit annuellement 1.200.000 fr., qui se décomposent ainsi : traitement, 600.000 fr. ; frais de maison, 300.000 fr. ; frais de voyage et de représentation, 300.000 fr.

Or, M. Grévy ne représente guère et ne voyage pas. Une fois par an seulement, il se rend à Mont-sous-Vaudrey, et le voyage coûtant en première classe, de Paris à Montbarrey, 63 fr. 75 et de Montbarrey à Mont-sous-Vaudrey une somme insignifiante, on voit quelles économies il réalise sur ses frais de maison et de voyage.

Recevoir de l'argent pour donner des fêtes et faire des voyages, et s'abstenir de recevoir et de voyager, c’est une opération simple, à la portée de tous ceux qui pensent que tous les virements sont dans la nature. Aussi n’est-ce pas en cela que M. Grévy doit exciter le plus l’admiration.

Ce qui est vraiment remarquable, c’est la série des faux frais qui incombent à la France à propos de l’hôte de l’Élysée, et la façon dont M. Grévy sait trouver à tondre jusque sur des œufs de faisan. Ainsi on voit au budget des beaux-arts une somme de 140.000 fr. pour l’entretien du palais de l’Élysée: ramonage, nettoyage, blanchissage et chaussures. Pour ce dernier article et à propos de bottes, 6.000 fr. sont alloués.

Le budget du ministère des travaux publics porte aussi un crédit de 119.000 fr. pour le service de l’Élysée. L’entretien du parc nécessite à lui seul une somme de 14.000 fr.

La France paie donc 259.000 fr. pour le loyer de M. Grévy. Un Roi se contenterait de ce loyer.

Mais ce n’est pas tout! Voyons maintenant comment le chasseur légendaire de Mont-sous-Vaudrey a su ménager les chasses nationales.

M. Grévy a repris pour son usage personnel le parc et les bois de Rambouillet, qui avaient été loués jusqu'en 1879. En cela il imite l'empereur; mais son imitation ne va pas jusqu'à payer, comme lui, 30.000 francs à l'État à titre d'indemnité pour ses chasses.

Les domaines affectés au souverain ne peuvent évidemment être sous-loués : or, M. Grévy, qui connaît la loi et qui n'a pas besoin des bois de Gazeran et de la volaille, ne les a pas sous-loués, mais il les a cédés à M. Glandard, moyennant 500 coqs faisans livrés vivants le 15 août.

Quant aux lapins qui pullulent dans les bois de Rambouillet et qui sont nourris aux frais de l'État, M. Grévy, le président de la République, les fait vendre à son profit et à un très-haut prix : 3 fr. le lapin.

Tout commentaire est inutile. Il est facile de pressentir que M. Grévy quittera cette année le palais de l'Élysée pour toujours.

M. FERRY

La dictature ne se légitime jamais; il est fort douteux que l'histoire accorde au despotisme parlementaire qui nous régit une circonstance atténuante.

Parler du génie de M. le président du Conseil pourrait, à cette heure surtout, paraître une ironie cruelle.

Le programme de M. Jules Ferry peut ainsi se résumer:

A l'intérieur, entreprendre la réforme de la revision constitutionnelle;

Au dehors, développer la politique de l'extension coloniale;

Comme but final, présider aux élections législatives de 1885, préparées à grands renforts de l'administration, accomplies avec le scrutin de liste.

Certes la partie était belle à gagner, mais il était impossible de la perdre plus complètement.

La revision, qui pouvait être une œuvre de rénovation, a été rabaissée au niveau d'une intrigue. Elle s'est terminée comme une comédie dont les auteurs se disputent à la fin du spectacle les sifflets du public. Loin de sceller l'accord des deux Chambres sur le terrain d'une réforme utile, elle les met aux prises, dans un conflit peut-être sans issue, sinon sans péril.

La politique coloniale au travers de mécomptes sans nom et de fautes sans excuse, laissant l'armée et la flotte sans secours, faisant la guerre et ne la déclarant pas, a conduit la France à une guerre interminable et à de si grands sacrifices en hommes et en argent qu'il n'y a qu'une seule voix dans toute la France pour accuser le Parlement d'avoir autorisé cette guerre.

Les élections sénatoriales, on ne saurait trop le répéter, ont été frelatées d'avance par la loi dernière, et elles ne sont à aucun degré la véritable expression de l'esprit public.

« *J'ai fait mes calculs,* a dit cyniquement le ministre de l'intérieur devant la commission du Luxembourg ; mon système *assure* la majorité aux républicains dans trente et un départements *au moins* sur les trente-sept où doit avoir lieu le renouvellement. »

Et un des agents de M. Waldeck-Rousseau, le préfet de l'Eure, poussant plus loin l'aveu, a osé dire : « Avec l'ancienne loi, nous étions battus sans miséricorde, tandis qu'avec la nouvelle les conservateurs *sont rasés.*

L'administration, livrée à l'intrigue, dominée par des coteries, est en proie à l'anarchie. La direction et l'autorité lui font également défaut.

Le parti républicain, profondément divisé par les discussions, une crise économique redoutable, un budget sans cesse grandissant jusqu'à la banqueroute, voilà les résultats de la politique dirigeante.

Qu'avez-vous fait de la France, de la Patrie française ?

LA CHAMBRE DES DÉPUTÉS

La Chambre des députés a offert le lamentable spectacle de souscrire par esprit de parti, servilement, à toutes les demandes du ministère.

Ce n'est pas l'amour de la Patrie qui règne dans cette assemblée, je le dis avec une très grande tristesse : c'est l'ambition, l'égoïsme le plus froid, l'égoïsme républicain, et aussi la fièvre de l'argent, traitant les questions les plus graves sans s'y arrêter, sans y attacher l'importance qu'elles méritent, s'occupant fort peu des souffrances de l'agriculture, n'y apportant que des remèdes insuffisants. On voit voter pour des absents qui n'ont pas le courage de rester jusqu'à la fin des séances.

La majorité républicaine immole impitoyable-
ment la minorité, fait toutes espèces de difficultés
pour accepter une élection conservatrice : on n'a
jamais vu une aussi effroyable tyrannie : *moi, dis-je,
et c'est assez* ; tout pour les seuls républicains, rien
pour les autres, rien pour la France.

Le contrôle des finances est l'œuvre capitale, la raison d'être du Parlement. Est-il admissible que, durant de longs mois, il laisse de côté cette besogne
essentielle, pour la bâcler à la fin en quelques heures,
avec une célérité dont le *rapide* de nos voies ferrées
ne saurait donner une idée.

Ils sacrifient la Patrie à la République et à Ferry
sans aucune hésitation.

L'état de choses actuel ne peut être maintenu, il
faut signaler encore une fois de plus le scandale des
dilapidations qui ruinent la France et qu'on en finisse
avec ces procédés, qui sont la honte du gouvernement
et la négation du régime parlementaire : il est urgent
d'imposer à la Chambre des députés des pratiques un
peu plus conformes au bon sens comme aux exemples
des pays libres.

Depuis que les fonctions de député sont rémuné-
rées, la députation est devenue le point de mire de

toutes les nullités, incapacités, fruits secs et même des déclassés; c'est le règne de la médiocrité.

Gagner 25 fr. par jour, pour ne faire presque rien ! La députation est aujourd'hui le mât de cocagne de tous les ambitieux et de tous les ineptes, c'est à qui décrochera la timbale.

Rien ne coûte aux républicains qui se présentent, nous l'avons vu aux dernières élections, pour acheter une élection; ils promettent aux propriétaires des chemins de fer, canaux, routes, etc. ; aux incapables les emplois les plus lucratifs.

Voilà comment cela se passe sous le ministère Ferry!

CHAPITRE X

ÉTAT ACTUEL

Un effroyable désordre règne partout; on laisse dire tout, écrire tout; le gouvernement n'a aucune responsabilité; quoi qu'il puisse en croire, il règne une grande méfiance contre lui; on lui reproche la guerre du Tonkin, le blocus de Formose, la dette, les impôts grandissant comme une avalanche.

La situation financière est loin de s'améliorer, l'industrie chaume, l'agriculture souffre. La crise n'a d'autre cause que l'état actuel: l'abus insensé de la politique, la grande agitation qu'elle produit, les ambitions politiques, *ôte-toi de là que je m'y mette,* les craintes financières et la fièvre d'argent.

La politique a tout absorbé depuis douze ans; les ambitions, les convoitises qu'elle fait naître ont détruit tous les rouages de tous nos éléments de puissance et de prospérité.

On a commencé par les réunions, on a fini par les grèves.

Des établissements importants ont été créés à l'étranger, qui fabriquent aujourd'hui tous nos produits dans des conditions d'achat de matières et de main-d'œuvre meilleur marché que les nôtres.

Les recettes diminuent, les dépenses augmentent considérablement.

L'exportation diminue, le prix de la main-d'œuvre la tue: l'agriculture manque de bras, et, payant trop cher, ne peut lutter avec l'Amérique, qui nous envoie son blé à 20 fr. le quintal.

La production s'est arrêtée devant l'élévation de la main-d'œuvre, et la France, jadis si productive, importe plus qu'elle n'exporte.

Le nombre des pensions de retraite s'accroît dans une proportion inusitée, parce qu'on met de côté des hommes encore capables pour ouvrir la porte aux favoris.

La France actuelle, vouée à la politique, sans cesse agitée, ne produit plus pour ses besoins ; elle échange son or contre les produits de l'étranger : c'est la ruine à bref délai.

La France d'autrefois, calme et travailleuse, exportait beaucoup et importait peu. L'or de l'étranger affluait en échange des produits de son sol. Tout le monde travaillait et toutes les caisses étaient pleines. C'est tout le secret de la richesse passée.

Aujourd'hui le contraire a lieu et la ruine arrive forcément.

Le jour où une nation ne produit plus, elle est morte ; nous n'en sommes pas là, Dieu merci ! mais le danger est à notre porte.

Cette crise, déjà trop longue, se prolonge encore ; elle est née de légitimes défiances et l'avenir est obscur.

Loin de ma pensée de douter du succès de nos armes ; partout où sera notre brave armée, nous savons qu'on peut compter sur son dévouement comme sur son courage, mais, hélas ! la gloire coûte cher et nous avons le plus impérieux besoin de faire des économies et d'avoir notre armée en France.

L'avenir est sombre au point de vue moral, financier, industriel et agricole. Rien n'est perdu, cependant, si le peuple français veut revenir à la raison, aux idées saines et au travail.

Que les folies, les chimères et les haines politiques fassent place à la raison, la société retrouvera sa force et sa puissance.

Que chacun se mette à l'œuvre commune, les uns pour calmer les esprits faussés par les déblatérations malsaines, les autres pour faire revenir les travailleurs aux champs et à l'atelier ; tous pour opposer la raison aux plus dangereuses utopies et bientôt nous reverrons la France grande, forte, calme et prospère ; c'est mon souhait le plus ardent pour 1885.

Admettez que demain vous ruiniez les propriétaires et les capitalistes, en serez-vous plus avancés ? Les contribuables ne pourront plus payer leurs impôts, avec quoi vivrez-vous ? Vous ne trouverez plus personne pour aider et secourir les pauvres ; plus de capitaux pour commanditer l'industrie, ni faire produire notre sol si fécond, quand on veut prendre la peine de le cultiver. Que produirez-vous, alors ? Rien.

Le danger est à notre porte, il est facile de le conjurer avec trois choses : du calme, du travail et de l'économie dans nos finances.

Alors seulement, la confiance, compagne inséparable de la tranquillité et du travail, chassera bien vite la crise pour mettre à sa place une vieille amie de la France, que nous lui souhaitons tous : la prospérité.

Que l'économie dans les finances, le calme et le travail reviennent, l'agriculture et l'industrie se relèveront vite, parce qu'elles produiront et que la production du sol ou des bras est la seule source de richesse vraie et possible pour notre bien-aimée Patrie.

CHAPITRE XI

RÉGIME PARLEMENTAIRE

Régime parlementaire signifie cette forme de gouvernement dans lequel le pouvoir est aux mains de ministres responsables désignés, soutenus ou renversés par le vote d'un Parlement.

C'est le correctif à l'existence d'une royauté ou d'un empire, à l'effet d'enlever sans révolution la conduite d'un peuple à la volonté tôt ou tard défaillante d'un seul.

De là sa légitime popularité, que ses résultats justifient.

Une république parlementaire est une contradiction. Où il n'existe plus de roi ou d'empereur, le système parlementaire ne se comprend plus. Régime parlementaire et république sont logiquement incompatibles.

Dans une république *sérieuse,* le président est actif et responsable. Dès lors, les ministres peuvent ne pas dépendre du vote du Parlement, mais il faut qu'ils en soient indépendants et que, comme aux États-Unis, ils soient pris en dehors des Chambres, sans quoi le président cesse d'être actif et responsable ; on sort de la république vraie, et on revient à la monstruosité actuelle d'un président irresponsable.

La république ne doit pas être parlementaire ; il est inadmissible qu'un gouvernement héréditaire ne le soit pas. Si quelque régime a confisqué les droits civiques des citoyens, les libertés intellectuelles, religieuses du pays, demandez-le aux crocheteurs et expulseurs des communautés enseignantes, des corporations religieuses vouées à la charité, aux travaux agricoles, à l'apostolat catholique, des éducateurs

des enfants des classes laborieuses et des orphelins,
des saintes filles qui soignent les malades et les in-
firmes; demandez-le à ceux qui, parties et juges dans
la même cause, ont fait couvrir leurs attentats par un
tribunal des conflits.

Qui oserait affirmer qu'à la suite d'une panique
sociale nous ne tomberons pas en un despotisme de
droit héréditaire, de droit plébiscitaire ou de droit
d'épée; il s'imposera plus que jamais si nous sommes
ramenés à un gouvernement héréditaire. N'en médi-
sons pas trop avant d'être assurés qu'il ne sera pas
une fois encore la garantie nécessaire de notre liberté.

Tout gouvernement divisé doit périr. Or, avec ses
funestes divisions, le parti républicain lui-même au-
torise les monarchistes à concevoir les espérances
qui les soutiennent contre une majorité oppressive.

Notre conviction et notre espérance sont, si les
conservateurs savent s'unir aux prochaines élections
législatives et profiter des fautes sans nombre du
gouvernement républicain et de tous les groupes républicains, ses complices, qu'ils remporteront une
victoire complète.

CHAPITRE XII

GRAND MOUVEMENT DE RÉACTION

Un nouveau gouvernement et une nouvelle Chambre de députés vont être donnés à la France.

Un grand mouvement de réaction se forme et se produit en vue des élections prochaines ; il s'agit de délivrer le pays d'une coterie incapable et désorganisatrice.

Partout éclatent les symptômes de la révolte contre la domination désastreuse de la bande opportuniste.

Les populations, depuis quatorze ans, voient que la

prospérité qu'on leur avait promise s'est changée en misère, et leur mouvement de retour à la vérité et au bon sens s'est traduit déjà de la façon la plus expressive dans une série de scrutins qui commencent à affoler nos maîtres, Avallon, La Flèche et Bergerac.

Oui, vous reculez et vous serez refoulés bien davantage encore, non pas dans les élections sénatoriales, faites avec des cartes biseautées et suivant « une méthode électorale » dont l'intègre Waldeck-Rousseau a garanti d'avance le succès à ses compères de la Chambre, mais dans les élections législatives, devant les manifestations libres du suffrage universel.

La noblesse, toute la magistrature éliminée, tous ceux qui ont la haute intelligence des affaires, la bourgeoisie, les grands propriétaires, tous les nobles cœurs qui préfèrent leur Patrie à la République, qui ruine la France, sont dans la retraite et le silence, tandis que l'incapacité la plus notoire est au pouvoir.

La République a contre elle l'agriculteur, le commerçant, l'ouvrier, le fonctionnaire, le magistrat et le simple croyant, unis dans une même ligue indignée contre la République.

Les députés ne se méprennent pas sur l'accueil que

leur vaudront les aventures coloniales, la guerre avec
la Chine, la crise industrielle, commerciale, agricole,
ouvrière, le déficit des budgets et l'annonce de nouveaux impôts. Ils ont eu une telle frayeur de ne pas
être élus qu'ils se sont précipités sur la planche de
salut qui leur était offerte au Sénat : *refuge des pé-
cheurs républicains.*

Devant les horreurs de la guerre étrangère et les
excès de la désorganisation intérieure, devant les ins-
titutions bouleversées, le crédit suspendu, les affaires
anéanties et la propriété ruinée, les instincts conservateurs se sont soulevés et un immense courant de
réaction doit se manifester d'un bout à l'autre du pays.

On a soif d'ordre, d'autorité, de repos, de travail ;
la réaction est commencée, elle ne s'arrêtera plus. Le
parti de l'ordre réunira tous les groupes conservateurs, tous les intérêts dans un commun et suprême
effort de patriotisme, pour assurer la délivrance de
notre bien-aimée France, de notre bien-aimée Patrie.

Si la noble France veut s'organiser, travailler, s'en-
richir, retrouver sa moralité politique, redevenir ar-
tiste comme ses meilleurs ouvriers, économe comme
ses premiers bourgeois, chevaleresque comme sa vraie
noblesse, juste comme ses vieux magistrats, honnête,
impersonnelle comme les anciens députés des États,

elle le peut, car toutes ces qualités elle les possède :
elles sont dans ses mœurs, dans son sang, dans son
esprit ; mais alors il faut qu'elle retourne résolument
à la recherche de son génie français ; que, s'inspirant
des progrès réalisés par les monarchies constitution-
nelles, elle crée un grand parti libéral conservateur ;
alors elle sera gouvernée selon ses mérites et selon
ses œuvres.

Depuis que les classes moyennes se sont éloignées
du peuple, *les hautes classes et tous les cœurs vraiment
français* s'en sont rapprochés.

Léon XIII conseilla le premier aux catholiques
belges d'accepter la liberté de conscience, la liberté
d'enseignement, la liberté d'association, et de ne se
mettre en travers d'aucune réforme, d'aucune institution moderne ! Ces prévisions ont permis aux catholiques libéraux de dire à Bruxelles, en prenant possession du pouvoir : « Nous avons triomphé, non pour
ôter la liberté à nos adversaires vaincus, mais pour la
rendre à tout le monde. » Et encore : « Notre préoccu-
pation sera, non seulement de réparer les brèches
faites à nos libertés à nous et de les mettre désormais
à l'abri de toute atteinte, mais encore d'assurer la
liberté et les droits des autres. »

SOCIÉTÉ ACTUELLE

La société actuelle, il est impossible de le nier, est livrée à l'égoïsme, à l'individualisme. Or l'individu ne peut rien par lui seul ; il doit créer des rapports avec ses égaux ou ses supérieurs en situation, pour qu'ils lui apportent un concours ou une aide.

L'association sous toutes ses formes est le seul moyen d'aider au bien-être des masses, trop ignorantes et trop dépourvues de ressources pour formuler elles-mêmes les revendications de leurs droits.

Les peuples et les individus ne peuvent se dégager du passé et de toute hérédité : ils ne peuvent s'isoler à la fois de la famille humaine et de toute attache avec le divin.

S'individualiser à ce point, n'est pas s'acheminer vers la sauvagerie? Rejeter toute éducation idéale sociale, c'est se priver de cette chose de forme parfaite qui établit des relations courtoises et des échanges utiles.

Améliorer le sort de l'ouvrier et contribuer à son bien-être, c'est le but constant des écrits de M. le comte de Paris et celui du comte de Mun dans la création des comités d'ouvriers.

CHAPITRE XIII

SOYONS PRÊTS !

Conservateurs, mes amis, soyons prêts ! le gouvernement est pressé, très pressé de faire les élections, car il sent qu'il se forme partout un courant contre lui, soit à Paris, soit en province.

Il y a sur toute la ligne un fort mouvement de recul.

Les gens raisonnables ou avisés qui croyaient être à la République sentent leur foi s'ébranler.

Ici c'est Dugué de la Fauconnerie qui revient vers nous.

Là c'est Germain, député, directeur du Crédit lyonnais, qui déclare tout haut qu'il n'y a plus moyen de porter plus longtemps la responsabilité de la banqueroute générale.

Enfin, c'est le général Campenon qui tourne le dos à ceux qui, pour des projets chimériques, fous, sont en train de désorganiser nos forces militaires et nous exposent à une surprise continentale.

Autrefois on allait à la République : aujourd'hui on s'en retourne, pour un motif qui n'est pas toujours le même.

L'industriel est à bout de crédit, l'agriculteur écrasé par l'impôt, n'est plus en état de lutter contre la concurrence étrangère, et les fonds d'État descendraient eux-mêmes rapidement la pente, s'ils n'étaient soutenus par telle ou telle grande société de crédit, qui fait croire à une prospérité menteuse et hors de proportion avec la misère qui flotte sous les cours artificiels de la Bourse.

Donc tromperie pour l'agriculture, tromperie pour les impôts nouveaux, tromperie pour la guerre, voilà le terrain électoral que cherche le gouvernement.

Le manifeste des droites sénatoriales est excellent, il avait soigneusement banni tout ce qui pouvait diviser, il plaçait les élections sénatoriales sur leur véritable terrain, terrain économique, pacifique, religieux où tous les braves gens peuvent et doivent se rencontrer.

Toute idée dynastique en est exclue avec raison.

Tirons-nous d'abord de la République et après nous verrons !

Au Sénat, tout le monde à droite s'est mis d'accord pour le programme.

A la Chambre des députés il en sera de même, nous voulons le croire.

Et notre succès serait assuré si nous pouvions, aux élections générales, nous présenter dans tous les départements avec le même programme, la même profession de foi.

Conservateurs, mes amis, soyons prêts !

CHAPITRE XIV

LES ÉLECTIONS PROCHAINES

La désillusion gagne et réunit l'agriculteur, le commerçant et l'ouvrier, le fonctionnaire, le magistrat et le simple croyant, dans une même ligue indignée contre la République.

Ils se rappellent les aventures coloniales, la guerre avec la Chine, la crise industrielle, agricole, commerciale, ouvrière, le déficit des budgets et l'annonce de nouveaux impôts.

Quelle chance pourraient avoir les députés de

maintenant d'être réélus, quand ils iront dire aux malheureux contribuables : Vous succombez déjà sous le fardeau, mais ce n'est pas encore assez, et la République qui prend vos fils pour les envoyer au Tonkin et en Chine, a besoin en outre d'aller jusqu'au fond de vos poches, par de nouveaux impôts. Encore et toujours, panier percé le budget du ministère Ferry !

Les élections seront cette année une fête nationale, c'est la Patrie française qu'on acclamera et tous ceux qui se présenteront à la députation seront ses champions, puisqu'ils sont les candidats de la patrie.

Durant les élections qu'il n'y ait aucune abstention, que tout le pays se lève pour combattre le bon combat et nommer les défenseurs de la patrie française.

Espérons-le, ce vote de défense et de préservation sociale ; ce vote conservateur dans la plus haute et la plus large acception du mot ! Espérons et comptons sur une coalition purement conservatrice entre tous les honnêtes gens pour sortir du chaos qui existe maintenant !

AUX SÉNATEURS & AU NOUVEAU PARLEMENT

Vous êtes les élus de la France, vous devez aimer votre Patrie par-dessus tout, vouloir son bonheur, qu'elle soit heureuse, en paix, riche et respectée, avec l'ordre dans la rue et l'économie dans les finances.

Vous devez vous montrer les fils respectueux et dévoués de votre noble Patrie, et en bons patriotes vous occuper uniquement des intérêts et des souffrances des populations qui vous ont élus.

Loin de vous, Messieurs, la passion de la politique ! Que l'amour de votre Patrie dicte seul vos votes dont vous êtes responsables envers elle : vous avez été nommés pour la sauver et non pour la trahir et la perdre.

Vous devez être économes du sang français et éviter la guerre qui amène à sa suite la dette envahissante et les impôts ruineux de la fortune publique : vous devez panser les blessures de la France et non les augmenter.

Vous devez vouloir, en vrais Français, revoir votre belle Patrie riche, au lieu d'être ruinée, heureuse de voir l'agriculture et le commerce refleurir, son armée rentrée en France pour n'en plus sortir que pour sa défense, respectée et honorée; vous devez vouloir assister avec assiduité aux séances, par amour de la Patrie.

Oui, je le crois, vous voudrez réparer tout le mal fait, vous vous montrerez les vrais fils dévoués, fidèles et aimants de notre pauvre Patrie qui souffre, de cette Patrie française qui est votre Reine à tous, de cette Patrie, votre Mère, qui vous a enfantés comme nos frères et nos sœurs toujours bien-aimés d'Alsace et de Lorraine.

*
* *

Ce vote populaire, impatiemment attendu par tous ceux qui rêvent de dignité, de justice et d'honneur, j'en ai la confiance, fera resplendir sous le soleil de mai ou de juin une nouvelle date mémorable et la plus décisive de notre histoire.

RÉFORME INDISPENSABLE

Une réforme indispensable afin d'assurer la sincérité des délibérations des votes du Parlement, c'est la transformation de l'indemnité fixe en jetons de présence, transformation vraiment morale, qui obligerait le législateur à remplir son mandat avec plus d'exactitude en rendant impossibles le scandale et la fraude des votes par complaisance.

Le jeton est aujourd'hui la loi de toutes les compagnies de chemins de fer, de toutes les grandes administrations : pourquoi ne deviendrait-il pas aussi la règle de nos législateurs et le prix légitime de leur assiduité?

Croyez-vous que, si le jeton avait existé, on aurait vu 276 membres absents pendant la discussion du budget?

Ce n'est pas seulement l'intérêt des contribuables qui exige ce jeton de présence, la loyauté et l'équité l'exigent.

CHAPITRE XV

CE QUE VEUT LE PAYS

A-t-on le droit de dire que le pays veut tout laïciser à cause de ces ennemis de prêtres et de jésuites ? Ce serait bien exagérer ; car enfin il reste bien en France 25 millions de catholiques au moins, en comptant les femmes. Et parmi ceux qui ne croient à aucune religion positive, il y en a encore 2 ou 3 millions qui respectent la liberté des autres et la croyance des autres.

Ce n'est pas le Pays, c'est vous, Messieurs les sénateurs et Messieurs les députés, qui parlez, et il y a bien quelque différence.

Quant au pays :

Le pays n'a aucune des volontés ni aucune des joies que vous lui attribuez; ce n'est pas lui qui a voulu la guerre meurtrière de la Chine et l'aventure du Tonkin et de Formose.

Ce n'est pas le pays qui a voulu l'agitation religieuse, de supprimer les inamovibles, de diminuer le traitement des vicaires. La France s'en indigne au contraire; elle ne comprend rien à vos cris, à vos fureurs, ni à vos désirs. Ou plutôt elle comprend tout et n'est que plus irritée et dégoûtée de vos excès.

Le pays n'aime pas le désordre qui règne partout; il ne lui plaît pas de voir l'agriculture aux abois à cause des impôts et des emprunts continuels; il ne veut plus de vos fièvres de colonies malsaines; il veut que vous vous occupiez un peu plus de la France, de la relever, de lui rendre la prospérité, le calme, l'ordre et la richesse; le pays ne veut pas être ruiné;

il veut son armée chez lui ; il ne comprend rien à vos désirs ni à vos fureurs.

Il veut être maître chez lui, le maître de ses enfants pour les élever comme il veut. Il vous prie instam‐ ment de vous occuper des gens qui ont faim, des ouvriers sans travail, des industries ruinées par la concurrence étrangère et des agriculteurs, dont le blé ne se vend plus.

Il se plaint d'être trop gouverné et d'être sans protection contre les voleurs, les assassins et les pillards.

Il veut avoir son argent dans sa poche ou en ré‐ serve ; il trouve que, quand on a un budget de 3 mil‐ liards il faut rester chez soi et ne pas courir les aventures.

Le pays trouve qu'on fait beaucoup trop de poli‐ tique pour son honneur et son bonheur et que vous n'avez d'énergie que contre les honnêtes gens.

Quand vous criez : Amnistie ! Amnistie ! le pays vous crie : La paix, la paix au dedans et au dehors ; le dégrèvement, le dégrèvement !

Le Pays veut la fin de la guerre.

L'agriculture , le commerce , l'industrie et la fortune publique sont ruinées par l'achat, auto‐

risé par le gouvernement de tous les produits étrangers.

Jamais ma bien-aimée Patrie, ma belle Reine, n'a été si pauvre, si ruinée, si sacrifiée, si tyrannisée que sous le ministère Ferry!

CHAPITRE XVI

LE NOUVEAU GOUVERNEMENT

La politique actuelle est la seule cause du malheur de notre belle Patrie; il y a de continuels changements dans les ministères et vraiment les intérêts du pays sont toujours sacrifiés.

Nous ne voulons pas que notre Patrie soit victime plus longtemps de vos folles ambitions; il faut absolument que les intérêts et la sécurité de la Patrie française priment tout; il est temps que l'opinion se prononce et que tout ce provisoire prenne fin.

Notre patience est à bout : les impôts, l'effroyable désordre qui règne partout, la persécution des consciences, l'irresponsabilité et l'indifférentisme qui permettent tout et tolèrent tout, le gaspillage insensé de l'argent de la France, c'est la ruine de la Patrie française.

Conservateurs et monarchistes, hommes d'ordre et de croyances, de tradition et d'autorité, il nous faut un président actif et responsable, investi d'une autorité supérieure, qui emploie la police exclusivement contre les malfaiteurs et à rétablir l'ordre dans la rue, afin de rassurer les honnêtes gens ; un président qui fasse autre chose que de signer et gracier de la peine de mort les assassins.

Nous ne voulons plus de tyrans ; nous voulons, je vous le répète, un gouvernement d'*ordre moral*, honnête et national, ami du bien, actif et responsable.

Les ministres doivent être aussi responsables ; on ne peut pas impunément trahir la France et la ruiner.

Le ministère de la guerre, le ministère de la marine, le ministère de l'agriculture, celui de la justice devraient être placés en dehors de la politique, qui est l'ennemie acharnée de la Patrie française.

Pourquoi toujours tout remettre en question chaque année?

Des hommes spéciaux, et non les premiers venus, doivent être nommés à ces différents ministères, pour avoir le temps de faire une œuvre de durée et profitable à notre si bien-aimée Patrie.

Ces continuels changements de tout un ministère et d'ambassadeurs est la chose la plus déplorable; on finit par éprouver une extrême lassitude de ces allées et venues sans fin.

Il est temps que l'opinion se prononce ; nous voulons la paix aussitôt qu'elle pourra se faire honorablement; nous voulons la réorganisation de l'armée avec toutes les garanties nécessaires pour l'obtenir, la réorganisation de la magistrature; nous voulons l'ordre partout; nous voulons vous reprendre nos fils et nos filles; nous ne voulons pas de ces palais que vous avez fait bâtir pour l'instruction athéiste; nous voulons relever l'agriculture, le commerce, l'industrie.

Nous seuls voulons véritablement le bien de la France, nous seuls l'aimons, vous l'avez mal servie.

RÉORGANISATION DE L'ARMÉE

L'œuvre de réorganisation de l'armée est une œuvre de longue durée; il est nécessaire qu'un homme spécial, un général, soit chargé de cette mission pendant plusieurs années, tout à fait en dehors de la politique.

Nous sommes peut-être à la veille de grands événements : il est nécessaire que notre armée rentre en France, qu'elle soit organisée, disciplinée, toute prête à entrer en campagne.

Pour cela il nous faut un gouvernement fort, énergique pour le bien de la nation.

La France n'a pas besoin de penser à la revanche; le vieil empereur d'Allemagne et Bismarck disparaîtront bientôt : le socialisme grandit en Allemagne et il y a bien d'autres États annexés en Allemagne que l'Alsace et la Lorraine qui ont été annexés par force et par violence.

Patience ! Attendons. Un jour viendra inévitablement, à cause de la sourde animosité de tous les pays annexés où la dislocation de l'Allemagne se produira ; tous les petits États sont Allemands, mais non Prussiens.

Mais il faut un autre gouvernement qui ne ruine pas la France, qui ne se couvre pas de discrédit, et qui n'ait pas toujours recours à des intrigues et à des négociations sans fin.

Notre pauvre Patrie a bien besoin de repos, de se recueillir, il est bien temps de ne plus s'occuper des choses extérieures et de s'occuper d'elle ; triste et pauvre, elle a besoin de l'amour de tous ses fils ; il y a tant de ses enfants qui sont tristes et pauvres comme elle ; il y a tant de misère en France, certaines fortunes en terre sont arrivées à rien. Où allons-nous, mon Dieu ? Ceux qui pourraient te sauver, ma bien-aimée Patrie, nient tes souffrances ; que ton amour réchauffe ces cœurs endurcis ! Que Dieu fasse un miracle et te rende la grande Dame d'autrefois !

LA MARINE

Je veux aussi vous parler de notre marine.

Sur 1.465 officiers de vaisseau dont se composent les cadres de la marine, 400 environ, soit 28 0/0, sont employés en Extrême-Orient : escadre de Chine, division navale du Tonkin, flottille du fleuve Rouge, division navale d'Indo-Chine et du Cambodge.

Si on tient compte que 1.000 officiers sont embarqués, d'autre part, sur l'escadre d'évolution, sur les bâtiments des stations navales que nous entretenons dans le monde entier où nous avons des intérêts : côtes d'Afrique, Madagascar, Nouvelle-Calédonie,

Atlantique sud, Océan Pacifique, etc., pêcheries de Terre-Neuve, d'Islande, des côtes de France, hydrographie, défense mobile des ports, bâtiments en essai, bâtiments-écoles (annexe au budget n° 6), on voit qu'il ne resterait que 65 officiers en service à terre ou en congé de convalescence.

Cet effectif étant évidemment insuffisant avec un personnel navigant qui est exposé aux plus rudes fatigues sous des climats meurtriers, il a fallu réduire le nombre des officiers dans tous les postes à terre, refuser les congés, même de convalescence, et remplacer des enseignes de vaisseau par des aspirants.

Nos marins, ajoute le journal républicain *le Télégraphe,* auquel nous empruntons ces réflexions, comme nos soldats, sont prêts à tous les sacrifices; mais cette situation ne peut se prolonger indéfiniment; les forces humaines ont une limite.

Déjà l'infanterie de marine est désorganisée. La direction du personnel éprouve les plus grands embarras pour remplacer les garnisons des colonies. On a usé et abusé de la bonne volonté constante des officiers. Il en sera bientôt de même pour la marine.

En ce qui touche le matériel, la situation est plus

grave encore. Presque tous les croiseurs et éclaireurs ayant de la vitesse et des qualités nautiques sont attachés à l'escadre de Chine. Comme ils font un service des plus pénibles, qu'on ne peut les remplacer et qu'il est difficile de les réparer sur place, surtout depuis la publication de l'*Enlistment Act*, qui nous interdit l'entrée des docks de Hong-Kong et de Singapore, tous ces bâtiments s'usent peu à peu et ne tarderont pas à être forcés de changer leurs chaudières, ce qui exigera leur rentrée en France. La pénurie est si grande que le gouvernement a dû prendre en location, à un prix exorbitant, deux steamers de commerce, le *Château-Yquem* et le *Château-Margaux*, qu'il a armés en guerre.

Nous ruinons notre matériel naval et nous ne le remplaçons pas.

S'il survenait sur un autre point du globe un incident grave nécessitant la présence de quelques navires, nous serions obligés d'envoyer des cuirassés ou des transports. En cas de guerre, nous ne pourrions plus faire éclairer nos escadres.

Il est grand temps d'aviser, et le Parlement ne doit pas hésiter à voter les 50 millions nécessaires au rétablissement de notre flotte légère. Cette question de défense nationale doit primer toute considération d'économie et de politique électorale.

Tout récemment, le général Lewal, développant son projet de recrutement devant la commission de l'armée, disait que la façon dont on procède avec le système actuel, en prenant des volontaires dans tous les régiments, pour envoyer des renforts au Tonkin, affaiblit d'autant les effectifs, et que la solidarité de l'armée, au point de vue d'une grande mobilisation, en serait diminuée. On voit que l'aventure du Tonkin ne fait point que compromettre la mobilisation : elle ruine encore plus complètement notre marine de guerre.

Il s'agit de réparer tout de suite et coûte que coûte cet énorme dommage. Après, on réglera les comptes et les responsabilités.

Il ne faut pas oublier que c'est parmi l'agriculture française que se recrute l'armée française. Tandis qu'à Paris on réforme 50 hommes pour 100, dans les plaines de Picardie, de l'Artois, du Vexin, de la Beauce et de la Normandie, on en envoie 84 pour 100 sous les drapeaux.

CHAPITRE XVII

LE GRAND PARTI LIBÉRAL CONSERVATEUR

Je me sens bien triste en voyant notre pauvre France si malheureuse d'être en telles mains, mais mon cœur de Français se réveille, rempli du plus grand amour de sa Patrie bien-aimée ; le courage, la douce espérance lui reviennent.

Il sait qu'il ne s'adresse pas en vain aux cœurs français les plus nobles, les plus généreux, à tous ces cœurs français qui souffrent depuis longtemps de voir souffrir leur Patrie.

C'est un cri de douleur, un cri d'alarme, c'est aussi un cri d'espérance, puisse-t-il être entendu de toute la France !

L'avenir est sombre, le socialisme et la Commune sont à notre porte.

Sauvez nos jeunes filles françaises et nos pauvres petits enfants des griffes républicaines !

Sauvez la France, votre Patrie bien-aimée, qui souffre !

Les dames françaises prient pour la France et sont avec nous, qui ne voulons que ce qui est bon, ce qui est juste, j'en suis sûr, je le sais et je le sens.

Écoutez la voix de votre Patrie qui vous recommande l'union !

Nous ne savons avec quelle arme nous aurons à combattre, et on retarde le plus qu'on peut de nous l'apprendre, mais nous savons que la bataille est prochaine.

> Rayons du soir, réveillez les Français
> Qui, dans la nuit, pleurent sur la Patrie.

Un grand parti libéral conservateur peut et doit se fonder par amour pour la patrie française et par un dévouement jusqu'à la mort à la France ; c'est le seul sentiment qui puisse réunir tous les groupes conservateurs : monarchistes, impérialistes et républicains conservateurs, pour réclamer un gouvernement d'ordre, fort et énergique pour le bien de la nation.

Il est grand temps de se réunir, plus que jamais une telle fondation est nécessaire.

Le grand parti libéral conservateur pourrait être fondé par M. Chesnelong, le duc de Broglie, M. Bocher, avec le concours d'un représentant des impérialistes et d'un représentant des républicains conservateurs.

Je suis persuadé qu'en laissant de côté toute question de dynastie, tout en conservant ses préférences personnelles, on arriverait à une entente complète d'ici peu de temps ; un programme serait arrêté et adopté.

Notre succès serait assuré si nous pouvions, aux élections générales, nous présenter dans tous les départements avec le même programme et la même profession de foi.

Le grand parti libéral conservateur constitué aurait pour résultats immédiats :

1° L'union des journaux conservateurs ;

2° Des journaux de combat pour préparer nos élections générales ;

3° La création d'un comité directeur ;

4° Des comités dans chaque département ;

5° L'inscription de tous les membres au grand parti libéral conservateur ;

6° Des souscriptions pour former des caisses spéciales à la période des élections.

Le parti libéral-conservateur en Belgique est parfaitement organisé, il est de notre devoir de l'imiter.

C'est une très belle œuvre à faire, une très belle œuvre à créer; toutes les grandes questions de l'agriculture, de l'industrie, toute la vie d'un peuple, tout est en question maintenant.

Il est temps de se préparer, de se réunir pour le combat; il faut qu'il y ait dans toutes les circonscriptions un candidat conservateur et arriver à avoir une Chambre de députés avec une majorité de conservateurs.

C'est pour l'ordre que nous combattrons ; il faut leur montrer que nous ne les craignons pas et savoir exiger la prospérité de notre bien-aimée Patrie française et toutes les réformes nécessaires.

Je fais un appel ardent à la Société des agriculteurs, aux proscrits du gouvernement actuel, au cœur de la France, à tous ceux qui veulent la paix et l'ordre, un gouvernement honnête, régulier, actif et responsable, à tous ceux qui aiment vraiment la Patrie française.

La France, notre Reine et notre Mère à tous, souffre, il faut que nous la sauvions !

Que l'amour de notre bien-aimée Patrie, de la France, qui est notre *Reine à tous,* fasse de nous, partisans de l'ordre et conservateurs, une immense cohorte ; marchons réunis contre la politique actuelle et sachons exiger des garanties pour assurer la prospérité de notre noble Patrie.

Il ne faut pas les laisser faire ; de l'énergie, du courage et surtout de l'union, voilà quelle doit être notre force ! Serrons-nous les uns contre les autres, il n'y a pas de désunion possible entre les fils aimants d'une mère qui souffre !

Jamais rendez-vous plus solennel et plus décisif n'aura été donné aux conservateurs, et s'ils réfléchissent que la Chambre élue en 1885 est celle qui nommera le président de la République le 30 décembre prochain, c'est-à-dire celle qui décidera à ce moment, pour une longue période, des destinées de la Patrie, ils comprendront la nécessité ₕd'utiliser « les heures qui leur sont comptées » pour assurer de leur mieux le triomphe de la bonne cause et le salut de la France.

Dieu et la France !

Salut à la France !
A ses beaux jours !
A l'espérance !

La France appelle, ô Français.
Debout, à présent, ou jamais.

*
* *

Fais ce que dois.

J'ai fait tout ce que j'ai pu dans la *Patrie française*
pour communiquer l'ardent amour que j'ai pour ma
Patrie et mon dévouement pour elle jusqu'à la mort
à tous les vrais Français auxquels j'ai fait appel pour
fonder cette si belle œuvre du grand parti libéral-
conservateur français qui ignore ses forces.

Vous mériterez bien de la Patrie !

Engagé volontaire en 1870, je n'ai pas eu le bonheur de verser mon sang pour la France, mais je l'ai
servie de tout mon cœur de patriote.

Je ne suis pas le seul à aimer la Patrie française,
je sens qu'il va se faire un grand réveil dans toute la
France ; il y a tant de cœurs oppressés, tant de prières,
tant de souhaits et nous avons souffert si longtemps
en silence !

Je n'ai voulu offenser personne dans cette bro-
chure.

J'entends maintenant le son du tambour et du
clairon, c'est le combat, c'est la victoire !

En avant, en avant, mes amis !

Combattons et triomphons pour notre Patrie bien-
aimée !

Mourons pour elle s'il le faut !
Vive la Patrie française !

Être esclave ou bien libre,
Dis ce que tu veux et choisis. *(Patrie hongroise.)*

Le peuple français répond :

Nous jurons
De ne plus être esclaves.

La Patrie appelle, ô Français !
Debout à présent ou jamais !

Et quand la Patrie souffre
Qu'est-ce donc que la gloire?
Un brillant arc-en-ciel,
Un rayon de soleil qui se rompt
Dans les larmes.

Je suis à toi, Patrie, à toi
De cœur et d'âme;
Que pourrais-je donc aimer
Si je ne t'aimais!
Mon cœur est un temple, l'autel
C'est ton image.

RAOUL GUERARD.

www.ingramcontent.com/pod-product-compliance
Ingram Content Group UK Ltd.
Pitfield, Milton Keynes, MK11 3LW, UK
UKHW020923140726
13695UKWH00003B/939